dtv

Gedichte waren es, so Ruth Klüger, die ihr geholfen haben, den Holocaust zu überleben: Verse von Goethe, Schiller und Heine. Doch nicht nur Gedichte anderer gaben Ruth Klüger Halt, sondern auch die eigenen, die sie als junges Mädchen in Auschwitz und danach bis in die Gegenwart hinein verfasste, aber kaum veröffentlichte. Nach dem Krieg wurde zunächst die intensive Beschäftigung mit fremden Texten zum Beruf für die renommierte Literaturwissenschaftlerin. Mit Theodor W. Adornos berühmten Satz, »Nach Auschwitz Gedichte zu schreiben, ist barbarisch«, setzte sie sich beim Lesen und Schreiben von Lyrik immer wieder auseinander, um ihn dann doch achselzuckend beiseitezuschieben. In diesem Band sind nun erstmals Ruth Klügers eigene Gedichte versammelt, die zwischen 1944 und heute entstanden sind und eine markante neue Seite im Werk der Autorin aufschlagen. Den Gedichten angefügt hat Ruth Klüger ihre eigene Interpretation – wobei sie dem Leser immer ausreichend Raum für eigene Assoziationen lässt.

Ruth Klüger wurde 1931 in Wien geboren und als Jugendliche in die Konzentrationslager Theresienstadt und Auschwitz verschleppt. 1947 emigrierte sie in die USA und lehrte Germanistik an der University of Virginia, in Princeton sowie an der University of California in Irvine. Ruth Klüger wurde durch ihre Autobiographie ›weiter leben‹ und deren Fortsetzung ›unterwegs verloren‹ einem großen Publikum bekannt. Als Germanistin und scharfsichtige Leserin machte sie sich mit ihren Essays ›Frauen lesen anders‹ einen Namen.

Ruth Klüger

Zerreißproben

Kommentierte Gedichte

dtv

Von Ruth Klüger sind bei dtv außerdem erschienen:
weiter leben (11950)
Frauen lesen anders (12276)
unterwegs verloren (13913)
Gemalte Fensterscheiben (13953)
Was Frauen schreiben (14045)

Die folgenden Gedichte:
Mit einem Jahrzeitlicht für den Vater; Sand (jetzt: Esterhazypark);
Jom Kippur; Der Kamin; Auschwitz; Die Unerlösten (jetzt: Limbo);
Jessica lässt sich scheiden; Aussageverweigerung stammen aus:
Ruth Klüger: ›weiter leben. Eine Jugend‹
dtv Verlagsgesellschaft mbH & Co. KG, München 1994

Ausführliche Informationen über
unsere Autoren und Bücher
www.dtv.de

FSC
www.fsc.org
MIX
Papier aus verantwortungsvollen Quellen
FSC® C019821

2016 dtv Verlagsgesellschaft mbH & Co. KG, München
Lizenzausgabe mit Genehmigung des Paul Zsolnay Verlags Wien

Umschlaggestaltung: dtv unter Verwendung
eines Fotos von Elly Niebuhr
(Universität für angewandte Kunst Wien, Kunstsammlung und Archiv)
Gesamtherstellung: Druckerei C.H.Beck, Nördlingen
(Satz nach einer Vorlage des Zsolnay Verlags)
Gedruckt auf säurefreiem, chlorfrei gebleichtem Papier
Printed in Germany · ISBN 978-3-423-14519-0

Für Lilo Marshall, die seit
fünfundsechzig Jahren meine Gedichte
liest, lobt und aufhebt.

VORWORT

Mit Gedichten ist es ein wenig wie mit dem weiblichen Geschlecht, von dem man früher gerne sagte, Frauen sollten einfach, in ihrer ganzen Schönheit »da sein«; nicht ihr Handeln und ihr Denken mache ihre Anziehung und ihren Wert aus, sondern ihre Existenz als solche genüge. Ihre Meinungen sollten sie für sich behalten und die Männer nicht mit ihrem Geschwätz verunsichern.

So solle auch ein Dichter uns nicht damit behelligen, was ihm beim Verfassen seiner Verse durch den Sinn gegangen sei. Selbst Goethe, der sich doch so dezidiert zu so vielem äußerte, verlangte: »Bilde Künstler! Rede nicht! / Nur ein Hauch sei dein Gedicht.« Ähnlich ein oft zitiertes Wort eines amerikanischen Dichters des letzten Jahrhunderts: »A poem should not mean, but be.«

Und doch kann keine Ermahnung, sich einem Gedicht einfach hinzugeben und nur den gelungenen Wortlaut zu genießen, uns hinweghelfen über die so verpönte Frage nach dem Inhalt und der Bedeutung der Worte, die eben keine reine Musik sind. Es ist unvermeidlich, dass wir interpretative Fragen stellen, statt einfach »wie schön!« auszurufen.

Denn ein Problem mit dem Lesen von Gedichten ist ja, dass man oft nicht weiß, was man mit dem einzelnen Gedicht anfangen soll. Mit einer Serie von Gedichten wird es gleich leichter, weil man sie dann in einen Zusammenhang stellen kann; ähnlich verhält es sich mit älteren Gedichten, wo man den biografischen oder historischen Hintergrund nachschlagen kann, was darauf hinweist, dass das Gedicht eben kein »Ding an sich« im luftleeren Raum ist, sondern ein Teil seiner Umgebung. Welcher Umgebung? Wir stochern am Text herum, versuchen, uns etwas einfallen zu lassen, manchmal kommt was Gutes, dann wieder nicht. Die Dichterin ist meist froh, überhaupt gelesen zu werden, und erwartet nicht, dass sie obendrein noch verstanden wird. Der gemeine Leser fühlt sich vernachlässigt, wenn nicht geradezu verachtet. Die gelehrten wie auch die intuitiven Interpreten sind unzuverlässig. Die verschämte Bescheidenheit aber, die vom Dichter verlangt wird, hindert ihn daran, den falschen Auslegungen zu widersprechen.

Darum schütteln so viele Leute ihren Kopf bei moderner Lyrik und lesen sie kaum oder nie. Ansonsten geübte Leser von Prosawerken geben manchmal unverblümt zu, dass sie Lyrik »nicht verstehen«. Und doch hat jeder eine Meinung zu gewissen Gedichten, jeder kann irgendwelche Gedichte auswendig, und seien es nur Liedertexte und Kinderreime. Mehr als das: Zu gewissen Gedichten hat jeder eine intensive Beziehung und kann uns auch unschwer sagen, was sein oder ihr Lieblingsgedicht ist. Gedichte sind haltbarer als Prosa, aber da man sich mit ihnen einzeln anfreunden muss, wie mit Menschen, braucht man auch weniger von ihnen als von Prosatexten. Prosa verschleißt sich, will sagen, wird vergessen, Lyrik ist unverrückbar. An den Verkaufszahlen lässt sich Wert und Eindringlichkeit der Texte nicht ablesen. Man liest Kriminalromane, wirft sie weg und hat ein paar Wochen später vergessen, wer wen darin ermordet hat. Ein paar Rilke- oder Brecht-Gedichte hingegen bleiben uns wortgenau als verlässlicher Seelenbeistand und geistiges Hausgut.

Ich habe jahrzehntelang als Hochschullehrerin in Vorlesungen und Seminaren über Gedichte anderer gesprochen und gelegentlich selbst welche geschrieben. Als Interpretin tat ich mein Bestes, dem Dichter gerecht zu werden, doch als Verfasserin verstummt man und hofft nur, die Leser würden etwas von dem darin finden, was man meint, hineingesteckt zu haben. Man hofft, aber man darf keine Nachhilfestunden geben. Schließlich fragte ich mich, aus welchem, eigentlich nicht recht einzusehenden Grund wir davor zurückscheuen, die eigenen Verse selbst zu deuten, obwohl die Verfasser ja die einzigen sind, von denen die Leser mit Sicherheit annehmen dürfen, dass sie sich etwas gedacht oder zumindest geahnt haben.

Dieses Tabu möchte ich nun brechen und mit der Auslegung meiner Gedichte ein Exempel statuieren. (Frauen, um auf die anfängliche Analogie zurückzukommen, sitzen ja auch heutzutage nicht mehr schweigend daneben, wenn man über sie verhandelt.) Ich möchte Gedichte vorstellen, die etwas mit meinem Leben zu tun hatten, und sagen, was es war. Oft war es etwas, was ich verdrängen wollte und das sich nicht verdrängen ließ. Manchmal verstand ich es erst später, als das Gedicht fertig dastand, manches blieb undeutlich. Das brachte mich darauf zu erkennen, dass Gedichte, wie Träume, eine Möglichkeit sind, die sich das Freudsche Es vorbehält, um sich Luft zu verschaffen. Die Kommentare handeln von dem, was ich weiß, und dem, was ich glaube zu wissen.

I. SPRACHE

Die folgenden Gedichte sind geprägt von einer ständigen Auseinandersetzung mit sprachlichen Möglichkeiten. Einige sind poetische Formversuche, zwei behandeln Shakespeares Thematisierung von Sprache. Gemeinsam ist ihnen das Staunen über die Leistungsfähigkeit menschlichen Sprechens, das uns meistens selbstverständlich vorkommt.

Deutsche Sprache

In diesen Lauten, die ich zu verlernen
versuchte, weil die spitzen Konsonanten
das wunde Fleisch der Kinderjahre kannten,
von deren Land durch Meere zu entfernen

mir auch gelang, um unter andern Sternen,
in einer andern Mundart die verbannten
noch zu begraben, die doch innen brannten,
so wie Metalle, die nicht Asche werden:

In diesen Lauten löst sich nun die schmale,
die Kinderstimme, die klug-schlau das Leiden
in Verse stülpte, wie in eine Schale

und zeigt mir mühelos zum zweiten Male
in scharfen, unbiegsamen Zackigkeiten
den Trost der klaren, offenen Vokale.

Deutsche Sprache Ich habe, bis ich mit sechzehn Jahren in die USA auswanderte, keine andere Sprache gehabt als die deutsche, und so innig mein Verhältnis zur deutschen Literatur war, so innig wollte ich sie loswerden und mir eine neue erobern. Als ich 1942 mit elf Jahren nach Theresienstadt deportiert wurde, konnte ich schon eine ganze Menge deutscher Gedichte auswendig, weil es in Wien nichts anderes mehr für mich zu tun gab, als Gedichte auswendig zu lernen. Da war kaum wer, mit dem ich reden konnte, als die Dichter, deren Wörter ich oft nicht einmal richtig verstand. Über unbekannte Wörter zu stolpern hat aber auch Spaß gemacht. Diese frühe und naive Bekanntschaft mit der deutschen Literatur, die nicht von der Schule herrührte (denn die gab es für mich nicht mehr), hat mich für immer geprägt – mehr, als ich's mir später gewünscht habe.

Die Ausgewanderten, auf die ich in New York stieß, sprachen so wenig Deutsch wie möglich, brachten es ihren Kindern nicht bei. Im College stürzte ich mich in und auf die englische Literatur, eine Bereicherung sondergleichen, und obwohl ich noch immer die deutschen Klassiker las, die in der städtischen Bibliothek leicht auszuleihen waren, so hätte ich mir damals nicht vorgestellt, dass ich einmal Germanistin werden würde. Deutsch war verpönt unter Juden, sogar die Schriftsteller und Philosophen schrieben auf Englisch, wenn sie's konnten. Ich habe mit meinem Mann, der gebürtiger Berliner war und noch dazu deutscher Historiker, in neunjähriger Ehe nie deutsch gesprochen. Heutzutage nehmen mir's meine Kinder übel. »Es wär doch so leicht gewesen, wenn ihr's zu Hause gesprochen hättet, dann könnten wir's auch.« Sie können nicht ermessen, wie belastend diese Sprache damals noch für unsereinen war.

Für mich war die deutsche Sprache, samt ihrer Literatur, abwechselnd ein Rucksack, das portative Gepäckstück par excellence, in das man alles Gute und Schöne und Notwendige hineinstopfen konnte und das leicht mitzunehmen war, wohin es einen halt verschlagen würde. Und dann war sie wieder ein Buckel, ein Makel, den man loswerden wollte, aber nicht konnte, weil er nun einmal angewachsen war. Im Gedicht steht dafür der Kontrast zwischen den »spitzen Konsonanten« und den »offenen Vokalen«. »Deutsche Sprache« soll in der Regelmäßigkeit der alten, schönen Sonettform das Wiederfinden, Neuakzeptieren des Deutschen ausdrücken. (Ich bin mir übrigens bewusst, dass es sich knapp an der Grenze der Rührseligkeit befindet.)

Ein Kranz für eine Sprachforscherin

Nachruf auf Anna Fuchs

Die Blumen lügen sich zum Sinngefüge.
Dir ward der Satz im Munde unterbrochen.
Ich sprech dich an, als hättst du widersprochen.
Die Blumen lügen sich zum Sinngefüge.

Dir ward der Satz im Munde unterbrochen.
Die Orgel dröhnt, ich werde ungeduldig.
Unschuldig bleibst du mir die Antwort schuldig.
Dir ward der Satz im Munde unterbrochen.

Ich sprech dich an, als hättst du widersprochen,
und spreiz' die Hände über Sarg und Erde
und sag dir, dass ich weiterreden werde,
und sprech dich an, als hättst du widersprochen.

Ein Kranz für eine Sprachforscherin Sie war sehr begabt und beliebt bei Freunden und Kollegen. Ich wollte ihr einen Kranz schenken, und da sie Linguistin war, schien ein Kranz aus Worten das Richtige. Daher die Verwebung und Wiederholung einzelner Verse in augenfälliger Künstlichkeit, ein Arrangement, das Tradition vermittelt. Weil sie noch jung war, schien ihr Leben ein unterbrochener Satz und die Blumen, sofern sie Sinn und Trost vermitteln sollen, eine Lüge, so dass Form und Inhalt des Gedichts ein Paradox enthalten.

Ich sehe mich im Gespräch, sogar im Streitgespräch mit ihr, warte darauf, dass sie weiterspricht, widerspricht, weigere mich, ihren Tod zu verinnerlichen. – So ist es ja oft, wenn wir ehrlich trauern.

Zuviel Shakespeare

Prospero lehrt Caliban sprechen.
Und führt ihn damit in die Irre,
denn Worte bewahren alte Verbrechen
wie Essig das Fleisch getöteter Tiere.

Handeln ist glatt und rund
und im Geschehn schon verrollt.
Doch Worte saugen den Hauch jedes Munds.
Wag es zu glauben: Schweigen ist Gold.

Falstaff, der Sprache verfallen,
wendet den Rücken der ruhmreichen Tat;
spricht metaphernverfettet in die hörenden Hallen
Monologe von Feigheit, Verrat.

Wer nie unter Worten zusammengesackt,
sticht zu wie Laertes und stirbt als ein Held.
Doch Hamlet erklärt noch im letzten Akt
wortgewandt sterbend, sein Leben der Welt.

Zuviel Shakespeare Das Gedicht ist einerseits Ausdruck von Sprachskepsis und andererseits praktisch das Gegenteil, nämlich Staunen darüber, wie vielseitig Shakespeare die Sprache an sich thematisiert. Die erste Strophe über seine letzte Komödie, »Der Sturm«, erinnert daran, dass der vornehme, zivilisierte Exilant Prospero dem Eingeborenen Caliban einst das Sprechen beigebracht hat. Caliban hasst Prospero, der ihm sein Erbe, die Insel, weggenommen hat, und plant ein Verbrechen. Er spricht aber keineswegs wie ein Bösewicht, sondern in wunderbar lyrischen Jamben.

Die dritte Strophe über Falstaff, der bekanntlich die beste Prosa in Shakespeares Dramen spricht – Kritiker haben seine Auftritte ein Fest der Sprache genannt und ihn selbst einen Sokrates der Komik (»a comic Socrates«, Harold Bloom) –, macht in »Heinrich IV« den Begriff der Ehre zunichte und überzeugt uns, das Publikum, dass das Leben an sich mehr wert ist als ein Einsatz für König und Vaterland. Je mehr Falstaff vor der Tat, also vorm Handeln, vorm Krieg, davonläuft und das Nichtstun, die Feigheit, mit logischen Argumenten rechtfertigt, desto wortmächtiger wirkt er, wenn er sich im Monolog uns zuwendet. Sein Handeln wird lächerlich; seine Worte über Sinn und Unsinn des Begriffs Ehre, wenn auch dubios im Inhalt, bleiben unvergesslich.

Hamlet verschwendet, wie wir wissen, fünf Akte aufs Aufschieben eines Racheaktes, zu dem er verpflichtet ist, und erklärt uns in jedem einzelnen haargenau, wenn auch nicht unbedingt überzeugend, was ihn vom Handeln abhält. Der Tatmensch Laertes hingegen, der auf genau dieselbe Weise verpflichtet ist, nämlich den Mord am Vater zu rächen, nimmt keine Rücksicht, sondern tut's einfach, mordet und stirbt auf der Bühne, während sein Opfer, der von ihm getötete Hamlet, bis zum letzten Atemzug redet und redet.

Jessica lässt sich scheiden

I

Mein Vater Shylock:
Unser Erzeuger
lebte im Regen
am Rande Europas.
Dem war Venedig
so fremd wie die Juden:
Rialto wie Rabbi
ein Hörensagen.

Mein Vater Shakespeare:
Du gabst mich dem Goj
du hast mich verkuppelt
mit einem Playboy
du hast mich getauft
und mein Erbe verkauft
(und es war doch nicht feil
für eine Wildnis von Gecken)
du hast mich gesteckt
(ich stieg in die Hosen, das Publikum gaffte)
in züngelnde Worte, die sich selber belecken,
und dem alten Juden das Messer geliefert
und den alten Juden ans Messer geliefert –
und mich lyrisch begabt für die magischen Nächte
und mir ein langes Leben beschert.

Mein Vater Shylock:
Dir war ich so wert
wie deine Dukaten

vergittert, versperrt
mein Leben, mein Lieben
dein Gut, deine Habe
die ging ich mir holen
ich hab dich bestohlen
für deine Tollwut und deine Szenen
muß man sich schämen
wer kauft sie dir ab?
Ich hab dich verraten
(und tu's bis ans Grab)
mit dem fein-geilen Affen,
den ich längst verließ.

II

In New York sind die Häuser
noch höher und heißer
als bei uns, wo's zum ersten Mal
Ghetto hieß.
Mein Vater Shylock, du Narr deiner Listen,
ich lach mit den Lachern
die dich schließlich berauben
du fluchst, einer reizt dich
sie spucken, du spreizt dich,
in New York werden massenhaft Ehen geschieden.
Man wechselt den Glauben
man heiratet Christen.
Mein Vater Shylock, ich glaub an Psychiater,
Souffleusen, Kostüme-, Perückenmacher,
nicht an Gott, nicht für *dieses* Theater.

Mein Wucherervater,
mein Dichtervater:
Vogelfrei war ich
in Westchester County und Beverly Hills.
Ich sitz auf der Stange
und zerr an der Kette
aus Gold und Wörtern
die ihr geschmiedet.
Euch beiden entlaufen
von keinem gesegnet
von beiden vertrieben
und doch nicht geschieden.
Oh was für Väter!

Jessica lässt sich scheiden Das Gedicht setzt eine ziemlich genaue Kenntnis von Shakespeares »Kaufmann von Venedig« voraus. Das lässt sich nachholen.

Jessica ist die schöne Tochter des hässlichen Juden Shylock, die mit einem Christen, Lorenzo, davonläuft, ihn heiratet und sich in die reiche, gebildete christliche Gemeinde nahtlos integriert. Die schöne Jüdin und der hässliche Jude sind beides Typen der mittelalterlichen antijüdischen Tradition, die offensichtlich ihre eigene und eigenwillige Genetik hatte, bei der die Frauen besser wegkamen als die Männer. Beim »Kaufmann von Venedig« kommt allerdings das komplizierende Genie des Stückeschreibers dazwischen, der es uns schwermacht, Jessica zuzustimmen, auch wenn wir verstehen, dass sie ein ungemütliches Zuhause gehabt hat.

Die Jessica meines Gedichts beklagt sich über zwei Väter: Der eine ist der Wucherer Shylock, der sie argwöhnisch bewacht und der gerne den Kaufmann Antonio vor Gericht und vor Publikum mit einem Messer, das er aufreizend auf der Bühne wetzt, schlachten möchte; der andere Vater ist Shakespeare, der beide erfunden hat. Shakespeare kannte vermutlich keine Juden und war, soviel wir wissen, nie in Venedig.

In der nächsten Strophe schimpft meine Jessica auf ihren Dichtervater, der ihrem Judenvater so viel Übles nachsagt, ihr, der Tochter, keinen besseren Ehemann gibt und ihr auch noch das Judentum, das ihr Erbe ist, wegnimmt. Gleichzeitig muss sie zugeben, dass er sie »lyrisch begabt« hat, das heißt, dass sie sehr schöne Worte sprechen darf, besonders in einer hochpoetischen Szene, wo sie und Lorenzo einander die Verse und Metaphern der Liebe wie Bälle zuwerfen.

Sie ist froh, dem trübseligen, beengenden Judenhaus zu entkommen, wo sie eingesperrt und unglücklich war, und in die Freiheit einer christlichen Ehe einzutauchen. Shylock hat seine Dukaten mehr geliebt als seine Tochter. Sie ihrerseits hat einen Ring ihrer Mutter gegen einen Affen eingetauscht, was Shylock ausrufen lässt, er hätte Leahs Ring nicht für einen Dschungel voller Affen (»a wilderness of monkeys«) hergegeben. Meine Jessica nimmt das auf und bezieht es auf ihre Ehe. Viel haben Vater und Tochter einander nicht vorzuwerfen. Trotzdem findet sie, dass Shakespeare ihm Unrecht tut, wenn er ihn am Ende an seine Feinde ausliefert. Denn Shylock wird dazu verurteilt, alles, was er hat, aufzugeben. Dabei geht ein Teil an Jessica und ihren Mann.

Im zweiten Teil meines Gedichts ist meine Inkarnation von Jessica Amerikanerin geworden und von dem unbedeutenden Lorenzo geschieden. Venedig war, wie sie feststellt, die erste Stadt, in der das Judenviertel Ghetto hieß, und sie vergleicht die Grenzen ihrer beider Leben mit einem Käfig. Diesmal schimpft sie gründlich auf ihren »Wuchterervater«. Sie findet ihn abstoßend, wenn er in der berühmten und für die meisten Leser anrührendsten Szene des Stücks beschreibt, wie es sich anfühlt, als Jude ausgelacht und ausgegrenzt zu werden. Sie meint, er spielt Theater (was er natürlich tut, in zweierlei Sinne, denn er steht ja auf einer Bühne).

Shylock ist der Vater, der am Gold klebt, Shakespeare derjenige, der die Wörter, in denen Jessica weiterlebt, geschmiedet hat. Sie selbst ist eine zwiespältige Figur, die in ihrem modernen, säkularen Leben nicht aus noch ein weiß. Ich habe übrigens nie verstanden, wieso der hübsche Name Jessica, der bei Shakespeare zum ersten Mal auftaucht, so beliebt werden konnte, sogar in jüdischen Familien, wenn das Original doch der Inbegriff der treulosen Tochter ist.

Brücke

Die Brücke ist neu
es gibt keine andre
das Holz ist alt
es gibt kein andres
als morsche Bretter
auf unsrer Brücke
stürzte ich neulich
durch leeren Raum
dann über Geröll
tief ab.

Steinerne Straße am Ufer
Wasser reinigte nicht
gelbes Licht peinigte
jedes Gesicht
auch deins war entstellt.
Fäulnis blies
und zerriss
deine Rufe
erreichten mich nicht.
Kälte, unbeheimatet
auf schiefem Plan
lief ich
stieß mich
an Versteinertem
wusste ich wo ich war:
Wer hier fällt
der erstarrt.

Eh ich fiel
hieltest du mich
(deine Züge
waren müde
von meiner Schwere)
eh ich blieb
brachtest du mich
zu unsrer gefährlichen
gefährdeten
Brücke
zurück.

Brücke Als Studentin der Literaturwissenschaft lernte ich eine ungrammatische, aber rhetorisch ergiebige Konstruktion kennen, die sich mit dem hochtrabenden Namen Apokoinu (griechisch »vom Gemeinsamen«) schmückt. Das heißt, dass sich ein Wort oder Satzteil sowohl auf einen vorhergehenden wie auch auf einen folgenden Text bezieht. Was mich faszinierte, war die Möglichkeit, durch die gebrochene Syntax *gleichzeitig* zu vermitteln, was der Inhalt *nacheinander* ausdrückt, nämlich zwei Gedanken- und Gefühlsebenen, die unvereinbar sind und doch koexistieren. In der ersten Strophe meines Gedichts »Brücke« ist das *Koinon*, das Gemeinsame, der Satzteil »auf unserer Brücke«, in der zweiten »deine Rufe«, und so weiter. Der lyrische Vorteil ist der Zusammenfluss gegensätzlicher Gefühls- und Denkströme, die aber simultan da sind und die sich nicht entwirren lassen. Mein Gedicht beschreibt einen Zustand der Depression, einen Sturz des Ichs, das dann aber von einem anderen Menschen gerettet wird. Also ein Gedicht des Danks und der Zuneigung.

Die Apokoinu wurde übrigens ohne solche psychologischen Spitzfindigkeiten in der deutschen Literatur des Mittelalters häufig verwendet. Siehe zum Beispiel die erste Strophe des Nibelungenlieds.

Abel im Wind

Das Kainsopfer
liegt erschlagen
hat vielfache Wunden
auf dem Altar

und der Zund
will nicht recht

verlässlicher als Feuersignale
erweist sich das Internet

zaudert im Blut
zischelt Abgehacktes
im zartfrischen Fleisch

auch für Schwerhörige
vermittelt das Mikrophon
hörbare Gespräche

das Kainsopfer
liegt erschlagen
stinkt unerträglich
auf dem Altar

und der Rauch
kehrt zurück
und

für Ferngespräche
bitte das Telefon verwenden

Für Unsägliches
gibt es das Schweigen

Erstgeborenen fällt es
                    das Kainsopfer
bei ausgeprägtem
                    kehrt zurück
Geruchssinn
                    und der Rauch
schwer
                    liegt
ihre Brüder
                    erschlagen
zu dulden.

liegen erschlagen
kehren zurück

man versuche Weihrauch und Deodarants.

Abel im Wind Hier sprechen zwei Ebenen nicht so sehr gleichzeitig, sondern eher durcheinander. Sie unterbrechen einander hartnäckig und erinnern sowohl an den ersten Brudermord wie an den Riss, der das zwanzigste Jahrhundert spaltete. Der letztere ist durch Frieden und Wohlstand im Westen so schnell geheilt, dass das Bewusstsein nicht mithalten konnte, und so spukt er im Halbbewussten und meldet sich zu Wort in doppelten oder gebrochenen Sätzen. Kain geistert durch eine Welt, in der es nach dem verwesenden Abel stinkt. Es geht um unbewältigte Vergangenheit, wo immer, wann immer.

II. WIENER GEDICHTE

Man hat Städte, denen man sich verbunden fühlt, oft auf unbehagliche Weise oder durch Erinnerungen, die sich streitsüchtig anfühlen, wie nicht aufzulösende Ambivalenzen. Ich habe derer mehrere im Kopf, aber keine ist so intensiv, so rätselhaft zerrend wie Wien. Denn aus Wien wollte ich, seit ich denken konnte, weg – einfach weg. Und nach Wien komme ich immer wieder zurück, auf der Suche – wonach?

Ist das Heimweh?

(in Memoriam Dorrit Cohn)

Zwei Professorinnen
reiferen Alters
erinnerungssüchtig mit verdrängtem Ortssinn
verwechseln im Volksgarten den Standort der Statuen
(den Grillparzer und die Sisi, ich bitt' Sie!)
stehn horchend in der kitzelnden Stille der Durchhäuser
und wie angenagelt bei der steinernen Mythologie vor der Burg.
Bestellen mit schlechtem Gewissen Kastanienreis.

Am Akzent erkennbar als Einheimische,
aber am Ausdruck häufig als Fremde,
kommen sie bei schnellgesprochenem Nestroy grade noch mit,
finden sie das Kopfsteinpflaster der Innenstadt
zu hart für ihre Damenschuhe von drüben,
treten sie in zu dünnen Mänteln
nach Museumsbesuch aus der Berggasse 19,
laufen sie mit roten Ohren und Nasen
gegen den schneidenden Wind im April.

Ist das Heimweh? Es ist nun schon ein halbes Leben her, als ich mit einer Kollegin, einer angesehenen Germanistin von der Harvard University, die wie ich aus Wien stammte und in Amerika lehrte, einen Wienbesuch plante. Sie war sich gar nicht so sicher, ob sie ihn wirklich absolvieren wollte. Ihre Mutter, erzählte sie mir, sei auf einer solchen Reise in ein Kurzwarengeschäft, in dem sie vor der Emigration Kundin war, gegangen. Die Besitzerin habe sie sofort erkannt und ausgerufen: »Schau! Die Frau Z! Wo sind'S denn die ganze Zeit gewesen, gnä' Frau? Habn'S bei der Konkurrenz eingekauft?«

Wir kamen uns ein wenig wie Widergänger vor, als wären wir allein in unserer Suche nach Vergangenem, während die Einheimischen oder, besser, die Dagebliebenen, alles, was wir verkörperten, ablehnten. Doch unser Besuch war keineswegs abenteuerlich, wir benahmen uns wie die gewöhnlichen Touristinnen – Park-, Theater- und Museumsbesuch – und aßen ausgefallenen Wiener Nachtisch wie Kastanienreis (mit schlechtem Gewissen, weil er dick macht). Nicht von ungefähr habe ich uns als ein wenig lächerlich in Erinnerung.

Das Gedicht soll die Zerreißprobe zwischen dem Gefühl des Dazugehörens und der Ablehnung ausdrücken. Das Wetter war unfreundlich, und wir waren unpassend angezogen. Weil jedoch unter der unauffälligen Oberfläche unerforschte Schichten lagen, hat der Hinweis auf Freud (Berggasse 19) sozusagen das letzte Wort.

Esterhazypark

Auf verlassenem Spielplatz wirbelt der Sand.
Balken torkeln.
Sengende Sonne über den Schaukeln
blendet: blinde
Stadt, die ein Kind
sandigen Auges verbannte,
menschenleere:
was soll mir dieser Wind
von einem andern Meer?

Esterhazypark Der Esterhazypark liegt im sechsten Bezirk der Stadt, ein kleiner Park, in dem ich mit anderen Kindern spielen lernte. Wir spielten »Blinde Kuh«, »Der Kaiser schickt Soldaten aus«, »Zeigt her eure Füße, zeigt her eure Schuh« – was man halt so spielt, wenn man noch nicht in die Schule geht oder gerade in der ersten Klasse ist. Eine der großen Unverständlichkeiten, die auf den »Anschluss« folgten, war, dass man nicht mehr in den Park ging. Nicht die wichtigste, denn ich trauerte dem Esterhazypark kaum nach, aber ein Spielplatz ist ein kleines Stück Land, wo man sozial handeln lernt, ein Stück Heimat, wenn man so will, das mir aus der Hand geschlagen wurde, als ich es eben erst behutsam angefasst hatte. So blieb mir der Park im Kopf hängen, mehr als er's verdiente. Beim Wiedersehen nach vielen Jahren empfand ich eine starke Abneigung bis hin zum Ekel. Ein Wind der Vergangenheit schien dort zu blasen, und ich wusste nicht, woher er kam, aus Wien oder aus einem späteren Leben.

Am Bauernmarkt

Ein brückenheiliger Nepomuk
steht im Hof am Bauernmarkt eins,
wo ich wohn.
Wie kommt denn der her?
Gibt's nicht Brücken genug,
wo was Rettendes nötig wär,
und kriegen keins?
Hier wirkt er wie Hohn.

Hier ist er verschwendet.
Viel Leut verenden
in reißenden Flüssen,
und er lässt grüßen,
zwischen Aufzug und Mistkübel:
Wer hat was davon?

Oder ist hier doch eine Brücke
nur samt dem Strom ist sie unsichtbar?
Kein Tourist auf der Jasomirgottstraßen
hat eine Ahnung von seinen Strapazen.
Denn nur er bremst das Übel,
er füllt die Lücke
und begrenzt die Gefahr.
Wir sehn ihn beim Altpapier,
er aber weiß, wofür
er hierher verfrachtet war.

Heiliger Nepomuk, bet für uns, vor allem
für mich, dass ich nicht ins Gewässer falle,
das ich nicht seh und daher nicht aufpassen kann.

Lieber Scheinheiler, mach was Fein's:
nimm dich der jüdischen Kundschaft an,
damit ich nicht ertrinken tu am Bauernmarkt eins.

Am Bauernmarkt Dieses Gedicht stammt aus einem Besuch im Jahr 1997, als ich sozusagen zum Ausprobieren für ein paar Wochen nach Wien gezogen war. Ich hatte eine schöne Wohnung, zentral gelegen, gutes Wetter, ein paar Arbeiten, die mich beschäftigten, aber nicht überforderten, trank Kaffee am Graben in der Sonne und fand die Stadt freundlich, aber sie war mir noch immer nicht ganz geheuer. Ich kannte sie zu gut, kannte sie überhaupt nicht. Wo war ich?

Ein Bekannter klärte mich (eine in dieser Hinsicht völlig unbedarfte Jüdin) darüber auf, dass die merkwürdige Holzfigur, die im Hof meines Wohnungshauses stand, ein heiliger Nepomuk sei, zu dem man gegen Wassergefahr bete und der daher oft auf Brücken steht. Ich eignete ihn mir innerlich sofort an und spintisierte vor mich hin, dass es im heutigen Wien unsichtbare Gefahren, im reißenden Wasser versinnbildlicht, gäbe.

Der Unsinn meiner Ängste, die nicht einmal echte Ängste waren, sondern eher eine Art Spiel mit dem Spuk, liegt in der Respektlosigkeit der Sprecherin sich selbst gegenüber, nicht gegenüber dem Heiligenglauben. Sie bietet sich dem Heiligen nicht als Gläubige, sondern als »Kundschaft« an, betont noch dazu ihre jüdische Herkunft und ist nichtsdestrotrotz fasziniert von der Idee, dass es übernatürliche Beschützer geben kann.

Die fehlende Silbe in »Scheinheiler« ist selbstverständlich Absicht.

Heldenplatz

Es heißt:
Im Hause des Henkers
sprich nicht
vom Strick.
Ich weiß –
und sprech auf Schritten und Tritten
vom Henken.
Gegen die guten Sitten
verstößt das Gedenken.

Ich bin im Hause des Henkers geboren.
Naturgemäß kehr ich wieder.
In krummen Verstecken
such ich den Strick.
Mir blieb eine Faser davon im Genick.
Meine Hartnäckigkeit war mein Glück.

Doch der Strick ging verloren
und der Henker ist gestorben.
Auf dem Galgenplatz blüht jetzt der Flieder.

Heldenplatz Eine Vorbemerkung zu den Auschwitzlagergedichten, könnte man sagen. Im Hause des Henkers? Aber es ist doch so schön hier. Suche ich hier meine Kindheit? Oder genieße ich einfach den Triumph, der Vernichtung knapp entgangen zu sein? Wie auch immer, dies ist ein Gedicht, mit dem ich zufrieden bin, eines, das mir als ein poetischer Text gelungen scheint.

Die Vorliebe für unreine Reime habe ich im Englischen gelernt, wo sie nicht so verpönt sind wie im Deutschen, und verwende sie gern, weil sie oft ausdrucksfähiger sind als die reinen Reime. Hier zum Beispiel Genick/Glück, was die Frage aufwirft: War es wirklich ein Glück? Und verloren/gestorben – reimt sich nicht und stellt eine positive Bewertung (jetzt ist alles vorbei, Gott sei Dank) wieder in Frage. Die reinen Reimworte Flieder/wieder sind durch sieben Verse voneinander getrennt, so dass und damit man die Erinnerung anstrengen muss.

Der Galgenplatz, auf dem der Flieder blüht. Das ist vielleicht das richtige Symbol für mein Leben und das Leben vieler anderer in der Nachkriegswelt.

III. JÜDISCHE GEDICHTE

Ich beginne diese Sammlung mit zwei Gedichten, die nur mit Kommentar Aufmerksamkeit verdienen. Diese Gedichte habe ich im Jahr 1944 im Alter von zwölf und dreizehn Jahren im KZ in Anflügen von Todesangst verfasst. Es war das erste, aber nicht das letzte Mal, dass ich mir einbildete, ich schriebe über etwas, das außerhalb von mir stattfand, etwas, das ich beobachtete, nicht etwas, das mich beutelte. Ich meinte, meine Umgebung zu beschreiben, doch in Wahrheit versuchte ich die Herrschaft über meinen Verstand zu bewahren. Im Englischen koppelt man Reime und Verstand in dem – meistens negativ verwendeten Ausdruck »rhyme or reason«. Solange ich reimen konnte, war der Verstand tätig, er offenbarte sich sozusagen in den Reimen.

Die späteren Gedichte sind Gespenstergedichte. Gespenster, wie ich sie erlebe, sind unbegrabene Vergangenheit (ich vermeide das Wort »unbewältigt«, nicht weil es unpassend ist – es ist sogar sehr passend –, sondern weil es jetzt schon abgedroschen klingt).

Zwei Lagergedichte

AUSCHWITZ

Kalt und trüb ist noch der Morgen,
Männer gehn zur Arbeit hin,
schwer von Leid, gedrückt von Sorgen,
fern der Zeit, da sie geborgen,
langsam wandern sie dahin.

Aber jene Männer dort
bald nicht mehr die Sonne sehn.
Freiheit nahm man ihnen fort.
Welch ein grauenvoller Mord,
dem sie still entgegengehn.

Gott, du allein darfst's doch nur geben,
das große, heilige Menschenleben,
du gibst das Dasein und du gibst den Tod.
Und du, du siehst dieses endlose Morden,
du siehst diese blutigen, grausamen Horden,
und Menschen verachten dein höchstes Gebot!

Wir haben die herrliche Heimat verlassen,
bleiben wir ewig in Elend und Not?
Willst du, dass alle Menschen uns hassen,
dass wir im Staube der schmutzigsten Gassen
leiden den elendsten, niedrigsten Tod?

Hinter den Baracken brennt
Feuer, Feuer Tag und Nacht.
Jeder Jude es hier kennt,

jeder weiß, für wen es brennt,
und kein Aug', das uns bewacht?

Sag, wofür muss ich hier büßen
nenn mir *eines* Unrechts Spur.
Darf ich nicht das Leben grüßen?
Darf mich nicht der Morgen küssen
und die Schönheit der Natur?

Fressen unsre Leichen Raben?
Müssen wir vernichtet sein?
Sag, wo werd' ich einst begraben?
Herr, ich will nur Freiheit haben
und der Heimat Sonnenschein.

Fern im Osten liegt ein Dunst,
und Natur zeigt ihre Kunst:
Sieh, die Sonne bricht hervor.
Zeigt mir diese Strahlensonne
eine neue Lebenswonne?
Zieht die Freiheit still empor?

(1944)

Auschwitz Das Gedicht ist so banal wie möglich, in seiner Glätte, seiner Wortwahl, den braven Reimen und in der Ausgewogenheit der Strophen. Und außerdem ist es zu lang. Es ist ein gutes Beispiel von Versen, die nicht um ihrer selbst willen interessant sind, sondern wegen der Umstände, unter denen sie verfasst wurden. Das war im Mai 1944, ich war zwölf Jahre alt und ich werkelte sie vor mich hin, eine Strophe nach der anderen, alles im Kopf, zum Aufschreiben hatte ich nichts, war auch nicht nötig, denn die Wiederholung des eben Gedichteten entsprach meinem Ordnungssinn. Versemachen konnte ich, das hatte ich mir selbst beigebracht und seit einigen Jahren ausprobiert, wie man die verschiedenen Formen der Gedichte, die ich auswendig konnte, nachahmt. Ich habe die Strophen aneinandergereiht, alle nach demselben fünfzeiligen Strickmuster – außer dass ich zweimal, in der fünften und letzten Strophe eine sechste emphatische Zeile einschaltete – und alle demselben Zweck dienend: nämlich die ungeheure Unordnung, die hier herrschte, das heißt, die Aufhebung der gesellschaftlichen Regeln im Vernichtungslager innerlich zu bekämpfen. Und das nicht nur mit dem Angebot der Hoffnung in der letzten Strophe, die in krassem Gegensatz steht zu der Verzweiflung in der vorletzten, sondern durch das Zimmern einer Struktur, der einzigen, die mir zur Verfügung stand, nämlich die der gebundenen Sprache.

Die »herrliche Heimat« bezog sich übrigens nicht auf Österreich, sondern auf ein biblisches und neu erhofftes Israel. Ich war bekennende Zionistin.

DER KAMIN

Täglich hinter den Baracken
seh ich Rauch und Feuer stehn.
Jude, beuge deinen Nacken,
keiner hier kann *dem* entgehn.
Siehst du in dem Rauche nicht
ein verzerrtes Angesicht?
Ruft es nicht voll Spott und Hohn:
Fünf Millionen berg' ich schon!
Auschwitz liegt in meiner Hand,
alles, alles wird verbrannt.

Täglich hinterm Stacheldraht
steigt die Sonne purpurn auf,
doch ihr Licht wirkt öd und fad,
bricht die andre Flamme auf.
Denn das warme Lebenslicht
gilt in Auschwitz längst schon nicht.
Blick zur roten Flamme hin:
Einzig wahr ist der Kamin.
Auschwitz liegt in seiner Hand,
alles, alles wird verbrannt.

Mancher lebte einst voll Grauen
vor der drohenden Gefahr.
Heut' kann er gelassen schauen,
bietet ruhig sein Leben dar.
Jeder ist zermürbt von Leiden,
keine Schönheit, keine Freuden,
Leben, Sonne, sie sind hin,
und es lodert der Kamin.

Auschwitz liegt in seiner Hand,
alles, alles wird verbrannt.

Hört ihr Ächzen nicht und Stöhnen,
wie von einem, der verschied?
Und dazwischen bittres Höhnen,
des Kamines schaurig Lied:
Keiner ist mir noch entronnen,
keinen, keinen werd ich schonen.
Und die mich gebaut als Grab
schling ich selbst zuletzt hinab.
Auschwitz liegt in meiner Hand,
alles, alles wird verbrannt.

Der Kamin Diesem Gedicht mangelt die Hoffnung, die am Ende von »Auschwitz« steht. Der Grund dafür ist, dass ich das zweite Gedicht übers Vernichtungslager erst verfasste, als ich nicht mehr dort war. Da war ich schon in dem Zwangsarbeiterlager für Frauen, Christianstadt, ein Teil des KZs Groß-Rosen. Auch dieser Aufenthalt war noch keine Garantie fürs Überleben, aber die Chancen schienen wesentlich besser. Wir kamen alle aus Auschwitz und sprachen natürlich darüber. Diesmal weigerte sich mein Lebenswille nicht mehr dagegen, zu begreifen, was dort geschehen war und noch immer geschah. Statt Hoffnung aufs Weiterleben steht am Ende dieses Gedichts die Hoffnung auf Rache. Die Täter werden bestraft werden. (Die Nachkriegswirklichkeit sollte sich natürlich als weitaus komplizierter herausstellen.)

An beiden Gedichten fällt auf, dass sie eine sprachliche Tradition festhalten wollen, die sie wie eine Beschwörung hochhalten. Zerstückeltes und Ungereimtes schiene unserem erwachsenen Geschmack angemessener, aber es ist gerade der diesen Versen innewohnende Verteidigungsversuch, der Beachtung verdient.

Diese Gedichte griffen viele Jahre später in mein Leben ein. Ich hatte sie gleich nach Kriegsende aufgeschrieben (das konnte ich im Lager nicht) und an eine Zeitung geschickt. Später geisterten sie durch verschiedene Anthologien und führten auf Umwegen zu meinem Germanistikstudium und meiner lebenslangen Auseinandersetzung mit einer Kultur und Sprache, von der ich einmal glaubte, ich müsse sie abschütteln.

Im Käfig

(in memoriam Peter Heller)

I

Den Käfig der Vergangenheit
willst du entriegeln?
Gib acht!
Nicht nur ein Kind befreist du,
sondern zugleich die alte,
die blinde Wut,
die nur nach innen sieht
und um sich schlägt.

II

Sprich die Namen der Orte:
Theresienstadt, Auschwitz, Groß-Rosen.
Sprich sie deutlich und ohne zu stammeln,
wie man ein Streichholz entzündet
(kräftig, dem Zitternden bricht es),
um den Toten die Kerze zu weihn.

Die Namen der Toten sind Dickicht,
Gestrüpp und wegloser Dschungel.
Du meinst, wer dabei war, soll Zeugnis ablegen.
Ich weiß noch von damals die Namen der Orte
und wie man sie richtig sagt.
Sprich sie nach.

Im Käfig Die Hoffnung am Ende des einen Auschwitzgedichts, die Rache am Ende des anderen. Und nachher die Frage, wie man sich im Gestrüpp der Erinnerung einrichtet. Ein Kollege und Freund hatte mich nach vielen Jahren – und auch das ist nun leider schon recht lange her – ermutigt, darüber zu schreiben, und ich fand, dass die Erinnerung ein Käfig ist, in den ich mich nicht sperren wollte. Ich bin kein ausgeglichener Mensch, habe ich geantwortet, ich hab' Wut, wenn ich an die Nazis denke, das Kind in mir versteht nichts von dem, was damals geschehen ist, es gibt gute Gründe, warum die Psyche verdrängt, was ihr nicht in den Kram passt, und Befreiung ist nicht kostenfrei.

Aber man kann anfangen mit Einfachem und Unverrückbarem, wie Ortsnamen. Ich zuckte immer zusammen, wenn sie falsch ausgesprochen wurden, was in Amerika nicht selten vorkommt. Etwas Wahres zu schreiben, mag nicht jedermanns Sache sein, aber etwas Richtiges zu sagen, das kann jeder. Man zeigt Respekt, wenn man Eigennamen richtig ausspricht, und das sollte auch der Fall sein bei Tatorten, wo so außerordentlich Übles geschehen war. Dazu kam vielleicht ein gewisser Frust, im Sinne von »Was kann man mehr tun, als mit dem Finger darauf hinzuweisen und zu sagen: ›Da war's.‹«

Netze der Toten

Morgens beim Augenöffnen
vergittert ihr Netz
mir das Licht.

Wenn ich Stiegen steige
bringt mich ihr Netz
ins Stolpern.

Als ich treppabwärts stürzte
hat mich ihr Netz
gerettet.

Setz ich den Fuß ins Wasser
schleppt mich ihr Netz
zu den Fischen.

Netze der Toten Das Gedicht ist sowohl ein Gedicht der Trauer wie auch der Empörung darüber, dass die Verstorbenen so viel zu sagen haben, dass sie einem sozusagen immer noch dreinreden (»das Licht vergittern«). Sie hindern mich am Weiterkommen, wenn ich stolpere, aber sie retten mich, indem sie bei meinem Sturz ein Rettungsnetz offenhalten. Sie sind immer dabei, und manchmal weiß man nicht, was sie vorhaben. Das drückt die letzte Strophe aus. Fische sind mir fremd, anders als Säugetiere, und ihre Stummheit ist mir unheimlich. Auch der Gedanke an die Zukunft ist mir unheimlich, ein tiefes Wasser, aber ich weiß, dass dort Lebewesen schwimmen.

Das Gedicht ist eine Reflexion über das Nachleben, das Nachherleben, im Schatten der Vorhergegangenen. Sprachlich ist da noch das Spiel mit den verschiedenen Modalitäten, das »wenn« und das »als« und die Gegenwart der ersten drei Verse.

Mit einem Jahrzeitlicht für den Vater

Gestern abend stöbert' ich durch alte Bilder,
und da fand ich eins von dir als junger Mann.
So wie ich dich kannte, nur ein wenig wilder,
sahst du mich vergnügt und höflich an.
Wind weht vom Stillen Ozean.

Heute morgen hatt' ich noch kein Brot gebrochen,
und ich starrte in mein Wassserglas.
Hab als kleines Mädel dir etwas versprochen,
doch ich kann mich nicht besinnen, was.
Auf den Küstenhügeln wächst ein salzig-braunes Gras.

Rollt Erinnerung wie Wolle von der Spule
zu Kastanienbaum und Straßenbahn.
Meine Kinderhand in deiner breiten, kühlen –
doch der Faden bricht in rätselhaftem Wahn.
Wind weht vom Stillen Ozean.

Dunkel wird's am Ende eines Spieles,
dessen Pfand und Regeln ich vergaß.
Ohne dich und schluchzend stolpr' ich ziellos
über Straßen voll zerbrochnem Glas.
Auf den Küstenhügeln wächst ein salzig-braunes Gras.

Meine Kerze will dein Augenlid berühren,
wenn dein Aug' sie auch nicht sehen kann.
Blinde Väter barfuß durch die Welt zu führen
steht sich leider nur für Königstöchter an.
Wind weht vom Stillen Ozean.

Um verlornes Spielzeug möchte ich dich bitten,
das der Rost mit roten Zähnen fraß.
Und ich lauf dir nach mit kurzen Kinderschritten,
der die Zeit mit Siebenmeilenstiefeln maß.
Auf den Küstenhügeln wächst ein salzig-braunes Gras.

Doch du lachst mich aus und lässt dich nicht mehr stören.
Sag, wie lacht man ohne Lippe, Zunge, Zahn?
Meine Kerze will dich einmal noch beschwören,
denn was fang ich sonst mit deinem Lachen an?
Wind weht vom Stillen Ozean.

Mit einem Jahrzeitlicht für den Vater. Ein Jahrzeitlicht ist eine Kerze im Glas, die man, jüdischer Sitte zufolge, zum Todestag eines Familienmitglieds anzündet und die 24 Stunden lang oder länger brennt. Das Gedicht entstand in Kalifornien, am Pazifik, dem stillen Ozean, der assoziativ auch das menschliche Unbewusste ins Spiel bringt, und ruft gleichzeitig das Wien meiner frühesten Kindheit auf. Das zerbrochene Glas in der vierten Strophe bezieht sich auf die sogenannte Kristallnacht und auch auf andere verwirrende Zeichen der Zerstörung, wenn man solche hineinlesen will.

Die mythologische Anspielung in der fünften Stophe bezieht sich auf Antigone, die Frau, die der klassische Inbegriff der Treue ist. Sie ist sicher die größte aller dramatischen Heldinnen, darum sage ich auch kleinlaut, dass ich mich nicht mit ihr messen kann. Die Anspielung zielt nicht auf das nach ihr benannte Drama, in dem sie ihren Bruder begräbt, sondern auf ihren Auftritt in »Oedipus in Colonus«, wo sie ihrem blinden Vater Oedipus in Colonus, der Stadt der Pferdezucht, Beistand leistet, bevor er in einer Apotheose entschwindet.

Ich habe dieses Gedicht jahrelang mir mir herumgetragen und daran herumgebastelt. Ich habe es mir im Stehen und Gehen aufgesagt und es verändert. Jede Änderung war wie ein neues Hinterherlaufen (»mit kurzen Kinderschritten«). Es ist die Suche nach einem Vater – wenn man ein solches Hinterherlaufen eine Suche nennen kann –, den ich nicht gefunden habe. Wie sollte ich auch? Ich habe ihn als Achtjährige zuletzt gesehen und weiß nichts Wissenswertes über ihn. Eines habe ich allerdings im Laufe dieser Bemühungen wiederentdeckt und wiedergewonnen, nämlich die Muttersprache, mein österreichisch gefärbtes Deutsch. Die schon, den Vater nicht. Auch das merkte ich wie so oft erst Jahre später.

Jom Kippur

Und dieses Jahr wie jedes Jahr
zehrt und zerrt der Hunger der Toten
an dem Fleisch der Lebendigen. Löset die Knoten!
Seid wie ein Kamm im verfilzten Haar.

Und dieses Jahr wie jedes Jahr
soll unser Hunger den euren ergründen.
Aber wer kann euch in den Gräbern aufstöbern? Wir Blinden!
Weiß ich noch, welcher mein Bruder war?

Und ihr helft uns nicht und bleibt uns entzogen,
verweigert Versöhnung zur Jahreswende,
stößt von euch unsre Münder und Hände,
wie unreine Tiere aus Synagogen.

War doch vor Jahren dir Jahr um Jahr Schwester,
der du dich abkehrst, starrsinnig erstarrt,
wo dein Sterben dich einschließt wie Stacheldraht.
Sind wir Lebenden denn den Toten Gespenster?

Jom Kippur Auch hinter einem älteren Bruder, der die Naziherrschaft nicht überlebt hat, bin ich hergelaufen. Jom Kippur heißt der jüdische Fasten- und Versöhnungstag. In meiner Vorstellung sind die Toten aber nicht versöhnlich, weil sie uns nicht verzeihen, dass wir sie überlebt haben. Wir fasten jedes Jahr 24 Stunden lang, um ihren Lebenshunger zu verstehen und sie dadurch um Verzeihung zu bitten. Die Toten hingegen wollen uns verzehren, sie sind hungrig nach unserem lebenden Fleisch. Sie sind unerbittlich. In meinem Gedicht gönnen sie uns das Leben nicht. Warum sollten sie auch?

Aussageverweigerung

Touristen waren als Deckung zur Hand,
in die Bahnhofshallen verschlug mich die Flucht.
Mein Steckbrief klebte an jeder Wand,
unter mehreren Namen war ich bekannt,
mit verschiedenen Frisuren gesucht.

Wo sie die neuen Häuser bauen
(jeder Ziegel und Nagel erkennt mich!),
wagte ich stillzustehn, zuzuschauen,
floh in das Alltagsleben der Frauen,
aber die Sonne des Alltags vebrennt mich.

Überall war ich angeklagt,
überall war mir der Eintritt verboten.
Alle Gendarmen haben mich ausgefragt,
wohin ich auch ging, nach den Toten.

Und jedes Verhör ist über Ereignen,
das neben mir stattfand, doch ohne mich.
Hingeschaut hab ich, das will ich nicht leugnen,
aber die allerverlogensten Zeugen
sind nicht so unzuverlässig wie ich.

Jedes hergelaufene Gespenst kann mich enteignen,
weil ich weiter muss, wenn eins sagt: »Sprich.«

Aussageverweigerung In meiner Autobiografie »weiter leben« hatte ich mit ereifernder Kinderstimme geschrieben, mir sei die berühmte Überlebensschuld fremd. Ich hatte ja nichts getan, warum sollte ich mich schuldig fühlen? Aber die Lyrik hat eben ihre eigene Hartnäckigkeit, und schließlich wollte ich diesem Buch sogar den Titel »Aussageverweigerung« geben – wie dem vorstehenden Gedicht. Wieso?, sagten meine Freunde, du verweigerst ja keine Aussage, im Gegenteil, du sagst sehr gründlich aus. Aber in Versen kommt das Unterste zuoberst, und in diesem Gedicht sagte ich aus, dass meine Lebenseinstellung ein fortwährendes Weglaufen gewesen sei und ich eingeholt werden kann. Ja, ich war dabei, aber ich weiß kaum, was ich gesehen habe, andere wissen sicher mehr.

Die zweite Strophe bezieht sich auf die Flucht ins Eheleben, wo sich das Ich des Gedichts allerdings auch nicht wohlfühlt.

Beim Wiederlesen fällt mir übrigens der Einfluss der Kafka-Lektüre auf, dieses Ausgefragtwerden von Gespenstern, die sich anmaßen, als Polizei aufzutreten.

Diaspora

I

Einmal hörten wir noch Stimmenfetzen
in der Sprache, die uns das gewesen
was den Teig des Brots zusammenhält.

Über den vom Wind bedrohten Kerzen
sprach ein Mensch zum letzten Mal den Segen
und wir hörten noch: »Du Herr der Welt …«

Dann begann das Eitern an den Füßen
und das Brot zerbröselte in Wüsten
und das wortelose Schrein im Feld.

II

Wie ein Rest von Ruß im kalten Ofen
weht ein Echo in entleerten Ohren,
Pendel des entgleisten Glockenschlags.

Das zerrissne Stimmband ringt nach Worten
und das taube Ohr versucht zu horchen
in das Babel eines fremden Tags.

Manchmal nur am Ufer vor dem Schlafen
tönt es aus den Weiden wie von Harfen.
Dann bricht auch das ab.

Diaspora Hier suchte ich nach allgemein gültigen Bildern für die Diaspora. Im zweiten Teil habe ich sie mit der sogenannten Babylonischen Gefangenschaft gleichgesetzt. Das erlaubte mir auch, die Fremdsprachigkeit und den Identitätsverlust derer, die es ins Ausland verschlagen hat, aufzugreifen.

Der Ausdruck »Du Herr der Welt« (oder König der Welt) in der zweiten Strophe ist Teil fast jeden jüdischen Gebets.

Jemand fragte mich, was denn den Teig des Brots zusammenhält? Ich habe keine Ahnung und weiß ebensowenig, was das jüdische Volk zusammenhält, von dem der Volksmund sagt, dass auf zwei Menschen bei uns drei Meinungen kommen. An dieser Stelle im Gedicht ist es die hebräische Sprache. Nach dem sechsten Vers ist dieser Zusammenhalt durch die Zerstreuung gefährdet. Anders gesagt: Auch wenn man das, was Identität stiftet, nicht einfach definieren kann, weiß man doch, dass es existiert.

Die unreinen Reime sind wie immer in meinen Gedichten Absicht, sollen Unruhe oder Unbehagen beim Lesen hervorrufen, einem Leierkastenffekt der Terzinen vorbeugen.

IV. TRÄUME

Hat eigentlich irgendjemand angenehme Träume? Es muss wohl so sein, denn viele Leute erzählen, sie seien im Traum heiter und glücklich gewesen. Ich will nicht sagen, dass ich nur »schlechte« Träume habe, denn beunruhigende Träume haben ihren Sinn, weil sich die Seele die großen Unsicherheiten darin abarbeiten kann, ohne dass die Vernunft tröstend oder drohend dreinredet. Wenn ich aufwache, erinnere ich mich meist nicht, was ich geträumt habe. Wenn ich nach meinen Träumen befragt werde, so kann ich sie höchstens hilflos als »leere Landschaften« zusammenfassen. Aber merkwürdigerweise kommen dann im Gedicht oft Bilder zusammen, die nur als Traumbilder verstanden werden können.

Was folgt, sind ein paar Beispiele.

Limbo

Benzinfeuer flackern
im Unflat am Ufer
bei Nacht.

Bei Tag
steht der Rauch
zäh
überm Fluss
steigt träge das Giftgas
schwellend den Schwamm der Lunge.

Worte, im Hals,
im Munde getränkt,
atmen den alten Geruch.

Schwimmend weitergeschwemmt
in flüssigem Teer
einem Meer zu
aus Wasser – ah Wasser!
– und Salz?

Limbo Limbo ist der Ort zwischen Himmel und Hölle, ein Begriff, der oft als »Vorhölle« übersetzt wird. Doch das trifft zu kurz, denn wer dort wohnt, kann auch gerettet, nicht nur verdammt werden. Am Ende treibt das Gedicht aufs Meer zu. Wasser bringt Erleichterung, das Salz ist ätzend. Das Meer ist beides. Daher das Fragezeichen.

Es ist nicht unbedingt ein depressiver Mensch, der solche Gedichte verfasst, eher ein schwankender. Es kann der Verfasserin dabei auch ganz gut gehen. Ich meine, solche Gedichte mögen als eine Abwehrmethode wirken, gegen Kräfte, die man nicht an die Oberfläche kommen lassen will.

Frühlingsnacht

»One need not be a chamber to be haunted
One need not be a house.«

Emily Dickinson

Wind zieht an den Nähten,
nichts schläft verschlossen.
Türen und Beete
stehn offen.

Der Traum steigt aus dem Bette,
ein hinterlistiges Kind
schreitet er nach der Mitte
wo das Feuer brennt.

Grünsurrend unter der Stiege
will das Wort wecken.
Als eine müde Fliege
kriecht's um die Ecke.

Des Schilfs stumpfe Messer
verwildern die Saat.
Das Spiegelbild im Wasser
ertränkt die Stadt.

Es züngelt im lauen Wetter,
zuckend bricht's auf.
Die Haut durchbricht der Eiter,
der Schrei den Schlaf.

In kalten Kisten liegt es
und drängt hinaus.
Nicht nur im Zimmer spukt es,
nicht nur im Haus.

Frühlingsnacht Dieses Gedicht verdanke ich der Überlegung, dass sich der englische Ausdruck, »a house is haunted« (heimgesucht) nicht übersetzen lässt, jedenfalls nicht wörtlich. Man kann allerdings sagen, es spukt im Haus. Mein Gedicht hat nun ein Zitat der von mir verehrten Emily Dickinson als Motto und ist gewissermaßen eine deutsche Auslegung ihrer Behauptung, dass man kein Haus sein muss, um Gespenster, die zu Alpträumen werden, zu beherbergen. Die unreinen Reime, die ich auch anderswo gerne verwende, schienen mir hier besonders passend, weil sie die Sicherheit, den Glauben an Perfektion verhindern, den ein geschlossenes Reimschema vermitteln kann. (Gerade diese Sicherheit hatte ich in meinen ausbalancierten Kinder-Lagergedichten angestrebt, wo sie therapeutische Hilfe boten, aber poetisch eigentlich unpassend waren.)

Das durchgehende Motiv in »Frühlingsnacht« ist der Gedanke, dass die Erinnerung, oder die Phantasie, die Wirklichkeit gefährdet. Dabei scheint mir am zutreffendsten, wie das Spiegelbild (Wasser) das Seiende (die Stadt) ertränkt.

Unreine Terzinen

In dunklen Häusern sagen Menschen Amen
im abgeschlossnen Raume wird es heiß
es kleben Schleier an den Fensterrahmen.

Und dunstig glitzern Wände auf im Schweiß
wo Unlust sich und Einsamkeit umarmen
es schmilzt das Holz und tröpfelt, als wär's Eis.

Die Decke stürzt, der Boden kracht zusammen
in unterhöhlten Häusern lodern Flammen
im Keller sagt ein kleines Kind noch »Amen«.

Unreine Terzinen Das ist ein Gedicht über Klaustrophobie, wie sie sich vor dem Einschlafen (oder nicht Einschlafenkönnen) niederschlägt. Gerade das angeblich schutzgewährende Haus, wo die Bewohner ein vertrauensseliges »Amen« aussprechen, ist der unsichere Ort, den man verlassen sollte. Doch bis zuletzt, als schon alles kaputt geht, ist da noch jemand, ein Kind, das von ganz unten, im Keller, das gottgläubige Wort spricht. Das Haus wird trotz des Kindergebets zusammenbrechen, wenn die Träumende nicht vorher aufwacht.

Chiaroscuro

Aus welchen nimmer beleuchteten Zimmern
steigen die Bilder, im Umriss erhellt?
Larven und Lichter der Kindergesichter,
höhnisches Einhorn am Karusell
und der Mond, in Latrinen entstellt?

Strähnige Haare, klebrig von Tränen
wuchern an welchen Wällen entlang?
Triefende Schmetterlingsflügel auf Wiesen
wo Löwenzahn droht, aus spiegelnden Tiefen
blinkt Helle aus Höhlen mich heimatlos an.

Chiaroscuro Dieses Gedicht ist eigentlich zu regelmäßig für meinen Geschmack. Doch das lässt sich verteidigen. Das Ich stellt eine vernünftige – daher in regelmäßigen Versen abgefasste – Frage an das Es, um mit Freud zu sprechen. Die Frage lautet: »Wie komme ich zu diesen abwegigen Bildern?« Das Ich spricht aus der Helle ins Dunkel hinein, bekommt natürlich keine Antwort, nur schattenhafte, ins Negative gewandte und teils groteske Zeichnungen, unverständlich, aber trotzdem der kontinuierlichen Sprache zugänglich, über die das Ich verfügt. Daher Helldunkel.

Schwimmende Kinder

Bang
gleiten die Körper der Kinder, schwerer
als tote Muscheln und ohne Lehrer
durch Spielzeug und Tang.

Sie steigen auf flackernde Flächen,
sie sinken in unstete Kühle.
Und es schnürn sich die Kehlen
in grünflüssiger Schwäche.

Auf Balkonen und sich türmenden Terrassen
stehn erwachsene Männer und Frauen,
stehn und schauen;
Hände zu hoch zum Erfassen.

Und doch muss man sie loben:
denn sie sind bereit, herunterzuspringen,
ohnmächtige Schwimmer zum Atmen zu zwingen –
die dort oben.

Schwimmende Kinder Die zwiespältige Beziehung von Macht und Ohnmacht kennt jeder Mensch aus der eigenen Kindheit. Nicht jede Kindheit ist tatsächlich gefährdet, aber ich meine, jede fühlt sich manchmal so an. Schwimmen lernen einerseits und Furcht vorm Ertrinken andererseits sind Beispiele dieser Zwiespältigkeit. Besorgt stellen sich Kinder die Frage: Sind die Erwachsenen unsere Beschützer oder unsere Peiniger? Und selbst wenn sie uns helfen wollen – werden sie es auch dann tun, wenn wir in Not sind? Oder sind sie zu weit von uns entfernt? Man kann in meinen Erwachsenen auf der Schwimmbadtribüne auch höhere Mächte als nur menschliche sehen.

Landschaft im eisernen Kreuz

Auf dunklem Abhang steht ein lichtes Haus.

Im Steinbruch frieren Kinder. Eines hascht
nach einer Eidechse, die ihm entwischt.

Der Soldat,
schlägt am dunklen Abhang gleichmäßig zu.
Ist er vielleicht ein Roboter?
Doch nicht, mit seinen kurzgebissenen Nägeln am Kolben.

Ein Gesichtsloser
sucht sich zum Graben hinunterzuwälzen.

Das Mädchen,
die tuchbedeckte Schüssel krampfhaft haltend,
läuft schluchzend ins lichte Haus.

Im Steinbruch frieren Kinder in der rostigen Luft.

Unter eisernen Bäumen bücken sich wortlose Paare
und sammeln metallene Frucht.

Landschaft im eisernen Kreuz Die meisten dieser Bilder sind offensichtlich Kriegs- und Lagerbilder, die sich aber von ihren Ursprüngen gelöst haben. Sie setzen sich aus Einzelstücken zusammen, die nicht sämtlich auflösbar sind. Was sie gemeinsam haben, ist das, was ich »leere Landschaft« nenne – meine Antwort auf die Frage, wovon ich träume. Aber in einem Steinbruch habe ich als Kind tatsächlich einmal gearbeitet, im Spätherbst oder Winter 1944, im Arbeitslager. Es war eiskalt.

V. KINDERGEDICHTE

Diese Gedichte entstanden hauptsächlich im Hinblick auf meine eigenen Kinder. Aber sie waren nicht für meine Kinder gemeint, denn die konnten kein Deutsch. Und so haben sie wohl ebensoviel mit der Kindheit, die in uns allen steckt, zu tun wie mit dem Nachwuchs. Und doch waren es sie, meine lebendigen und daher unergründlichen Kinder, denen diese Verse ihre Existenz verdanken.

Scheidungsblues

Lastender nun im entfremdeten Raume
kommt am Abend die Finsternis.
Geht wie ein unregelmäßiger Riss
durch das Wohnzimmerteppichmuster der Jahre,
die zählbar sind. Doch das Unzählbare
steht in der Küche in Essigflaschen,
macht sich im Staub in den Ecken zu schaffen,
steckt als Gräte im Hals und klebrig am Gaumen.

Scheidungsblues Dieses und die folgenden vier Gedichte sind in einer Lebensphase entstanden, in der es darum ging, ein aufgegebenes Eheleben durch ein neues, unabhängiges zu ersetzen und dieses neue Dasein mit dem Leben zweier Kinder, denen etwas genommen wurde, auszusöhnen. Das Haus selbst, in dem ich noch eine ganze Weile wohnte, war durch das abgestreifte Vorleben ungemütlich geworden, um es milde auszudrücken. Das Gedicht versucht, das Bild des Hauses zu bewahren, und dabei zu vermitteln, woran das Haus unschuldig war. Erst in der letzten Zeile kommt eine menschliche Metapher und erinnert daran, worum es wirklich geht.

Krise

Kinder, denen der Vater entgleitet,
wohnen in stürzenden Häusern.
Ist unterm Fuß auch ein Teppich gebreitet,
der Boden schwankt.

Auf dem Tischtuch trocknet geronnene Milch,
von der Decke bröckelt's aufs Brot.
Motten ermatten elektrisches Licht.
Eine Fremdsprache knirscht.

Haltlos wie heftige Tiere
sitzen sie unter morschen Balken.
Lassen lärmend die Mahlzeit erkalten.
Keine Teller sind so schadhaft wie ihre.

Krise Ein Fortsetzung des vorigen, aber diesmal direkt über Kinder, die in einem solchen Haus wohnen. Die Fremdsprache ist natürlich deutsch, das ich nie mit den Kindern gesprochen hatte, das ich aber jetzt zu meinem Beruf machen wollte. Kinder, die ausrasten und sich rücksichtsloser und streitsüchtiger benehmen als früher. Ich litt darunter, dass es ihnen offensichtlich nicht sehr gut ging, und versuchte ihr Unwohlsein in Bildern aus Haus und Küche zu beleuchten.

Zwei Schlaflieder

(Für einen, der unruhig schläft)

I

Unkraut wuchert steiler als Riesen,
niemand hat heute das Gras gemäht.
Regen verwüstet deine Burg auf der Wiese –
du aber weißt, wo der Regenwurm gräbt.

Flugzeug im Garten verrostet in Lachen,
Schwarzvögel haben dir die Beeren verzehrt.
Jetzt krächzen Gespenster wie Krähen nach Rache –
du aber denk dir den Himmel überm Dache,
denn dort steht Orion mit Gürtel und Schwert.

Fischer auf deinen, dir eigenen Seen
wirfst du dein Traumnetz, und was es dir einbringt
hat Kummer im ziehenden Boot deiner Schläfen.
Vergiss nicht das Festland voll Kälber und Käfer,
verschließ nicht im Schlaf deine Ohren dem Wehen,
das hinterm Vorhang vom Fenster her eindringt.

Zwei Schlaflieder – I Den Anstoß zu diesem »Schlaflied« gab mir mein Älterer, als er mit einem enormen Gewächs unbekannten Ursprungs von draußen in die Küche stürmte und entrüstet wissen wollte, warum der Garten nicht fleißiger gepflegt werde. Die Antwort wäre gewesen, dass ich Besseres zu tun hatte als zu jäten. Der Hintergrund seiner Empörung jedoch war die unterschwellige Frage: »Warum werde *ich* (nicht der Garten) vernachlässigt?«

Jede Strophe ist um einen Vers länger als die vorhergehende, um ein erweiterndes Bewusstsein und Trost anzudeuten.

II

Mitten in der Nacht
hör ich dich stöhnen.
Nicht dass du riefst.
Deine Hände, die schliefen
einzeln erwacht,
betasten die Ränder der Decke.
Und ich zögre bevor ich dich wecke.
Denn, weißt du, man muss sich an Alpdruck gewöhnen.

Die am Tag zu dir spricht
und schützend abhält
wovor du dich bangst,
kann dir im Dunkel nicht raten,
es verschwimmt ihr Gesicht.
Ausgesetzt unter den Schatten
wiegt dich die Mutter der Träume, die Angst
in der Mitternachtswelt.

Zwei Schlaflieder – II Was man träumt, ist vielleicht das einzige wirkliche Eigentum eines Menschen. Die Dateien in deinem Kopf kannst nur du selber aufschlüsseln, und das ist so von Kindheit an. Wenn du einen Menschen aus dem Schlaf rüttelst, so holst du ihn oder sie zwar in deine Welt, aber du weißt nichts von der Landschaft, in der er eben noch war. Er hingegen weiß es, auch wenn er im Begriff ist, es zu vergessen, aber er kann's nicht sagen, jedenfalls nicht richtig und nicht komplett. Nichts trennt unser Innenleben so sehr voneinander wie der Schlaf. Jemanden aufzuwecken ist eine Art Gewalttat, die man nur in extremen Fällen begehen sollte.

Morgenlied

(für einen der gut aufgewacht ist)

Himmel ist grün und ein Wetterhahn blaut
der sich im Morgenwind wiegt.
Auf der Milchstraße lauft eine Kräuterfrau –
Alles, was Flügel hat, fliegt.

Erde und Monde sind allesamt Kreisel,
nicht nur die Sonne ist rund.
Dreht sich das Kircherl, so tanzen die Häusel –
Alles, was fliegt, ist bunt.

Purpurne Pilze platzen im Stall
wo das Ferkel der Spinne beichtet.
Quer durch die Felder rollt Reifen und Ball –
Alles, was bunt ist, leuchtet.

Alles, was leuchtet, hat Sinn.
Willst du was lernen?
Kassiopeia, die Königin
ist auch nur ein Dreieck aus Sternen.

Morgenlied Aufwachen mit Licht und Farben, im Gegensatz zu den vorangegangenen Nachtgedichten. Die Einzelheiten sind eine Mischung aus österreichischen Erinnerungen und amerikanischer Kinderkultur. Das Ferkel mit der Spinne stammt aus einem sehr beliebten amerikanischen Kinderbuch von E. B. White: »Charlotte's Web«. Darin rettet die Spinne Charlotte ein liebenswürdiges Ferkel vorm Geschlachtetwerden. »Alles, was Flügel hat, fliegt« habe *ich* als Kind gespielt, nicht meine Kinder.

Der andere Tod

Stundenglas, Sense und Totengerippe
verstauben zusammen mit alten Romanen.
Um die Ecke lauert der andre
Tod mit den chemisch gereinigten Namen.

Kommt aus guter Gelehrtenfamilie,
Ritter und Teufel hat er versteckt.
Spielt nur akademische Spiele,
Glasperlenspiele aus Intellekt.

Hat sich verlegt auf die Leserei,
wurde ein wissenschaftskundiger Mann. –
Bleibt aber trotzdem ein Scharlatan,
treibt aber trotzdem nur Zauberei.

Nicht der kleine Tod, deiner und meiner,
der windige Leichenbestattungsgreiner,
sondern der johlende Rattenfänger,
der alle Kinder abholende Sänger.

Strotzt im Parademarsch über die Märkte,
ist nur ein Uhrwerk von Kleidern umweht.
Ist denn da keiner, der es merkte
dass der Wind leere Fetzen bläht?

Zwar die Erwachsenen werden nicht weiser,
doch es fände sich noch ein Junge,
der riefe aus sieben-, achtjähriger Lunge:
»Des Kaisers Kleider spaziern ohne Kaiser!«?

Aber wie, wenn die Kinder es wissen,
und er braucht sie nicht irrezuführen,
wie wenn sie freiwillig mitmarschieren
zu Bergen, die sich auf immer schließen?

Der andere Tod Den direkten Anstoß (siehe die vierte Strophe) zu dieser Ballade, wenn ich sie so nennen darf, gaben wohl ein paar erinnerte Verse aus Rilkes »Stundenbuch«:

»Ich kann nicht glauben, dass der kleine Tod,
dem wir doch täglich übern Scheitel schauen,
uns eine Sorge bleibt und eine Not.«

Ich gehöre zu der Generation, die zuerst den Massenmord, einschließlich Kindermord, der Vernichtungslager erfuhr und dann mit der Explosion der ersten Atombombe den Beginn des sognannten Atomzeitalters geistig verdauen musste. Den Tod des einzelnen konnte man ohne »Sorge und Not« erwarten, aber nun war das Töten zur Wissenschaft geworden (Chemie, Biologie, Physik und alle anderen Natur- oder Unnaturwissenschaften), und für literarische Zwecke funktionierten die alten Symbole nicht mehr, so behauptet meine erste Strophe. Ich suche nach Vorbildern zur Abwehr der neuen Katastrophen, die wir uns selbst zufügen, und komme dann doch auf alte Geschichten zurück, die man neu deuten kann. Mein Gedicht ist also ein versteckt politisches, aber seine Metaphern sind dem Märchen entnommen.

Warum aber zwei Geschichten über Kinder? Die Legende vom Rattenfänger von Hameln über einen Massenkindermord hat ja etwas überaus Modernes, noch dazu, da die guten Bürger von Hameln durch Wortbruch und aus Geldgier mitschuldig daran sind. Dazu kommt die Wurzel der Eltern- und vor allem der Großelternliebe, nämlich die zaghafte, aber nie sterbende Hoffnung, dass die nächste Generation es besser machen wird als wir.

Dafür steht Andersens Märchen vom nackten Kaiser und dem Kind, das die Wahrheit furchtlos zu sagen wagt. Nur drehe ich diesen Höhepunkt der Erzählung um, da bei mir gar kein Kaiser da ist, sondern nur seine Kleider, hinter denen sich kein Lebendiges verbirgt, sondern geradezu das Gegenteil des Lebens, das Nichts. Die Kleider umwehen den Tod, gegen den man sich auflehnen könnte, einfach indem man nicht mitläuft, wenn er uns – und nun wieder zurück nach Hameln – mit seinen unerhört raffinierten Mitteln scharenweise abholt.

Der Witz des Gedichts, wenn man ihm einen solchen zugesteht, ist der Einsatz zweier Märchen in einen überraschenden Zusammenhang oder, umgekehrt, die Interpretation zweier Märchen mit zeitgenössischer Anspielung.

VI. ENGLISCHE GEDICHTE

Meinen englischen Gedichten fehlt die Beziehung, die wir zu derjenigen Sprache haben, die uns zuallererst das Bewusstsein der Umwelt vermittelt. Die Kindheit, an die wir uns nicht erinnern, ist in Hofmannsthals Worten »uns wie ein Hund unheimlich stumm und fremd«. Dann kommt die Sprache. Der Mensch in uns schlägt die Augen auf. Andere Sprachen kann man nur dazulernen. Diese früheste Entwicklung ist die Unterlage, die Grundlage meiner deutschen Gedichte. Das Englische ist Erwachsenensprache. Erst seit ich sechzehn bin, habe ich es gesprochen und geschrieben. Allerdings genoss ich keine ordentliche deutsche Schulbildung und habe mit großer Dankbarkeit und sehr schnell Englisch schreiben gelernt. Und dann auch gleich Gedichte verfasst. Mir kommt es vor, als seien sie mehr »Erwachsenengedichte« als die deutschen. Der Wortschatz ist größer, aber er lässt sich nicht so leicht »kneten«.

Halloween and a Ghost

I

Unlike real people ghosts are obvious,
thinly disguised and come when most expected.
So you stand at my door on Halloween
with a sheet over your head like the other kids,
asking for candy, Brother.

Ripples of water when you were swimming,
your questioning voice saying: »Ampersand?«
These I recall and your sailor hat and
in a wintry schoolyard the shape of your breath.
But I never learned the shape of your death,
there being so many ways of killing.

Dead boys shouldn't walk the streets,
real ghosts shouldn't wear real sheets.
The heart may break of tricks and can't give treats.

II

You are the skipped sentence in the book I'm reading.
You are the kitchen knife that slips into the thumb.
Memory is the autonomous twitch of an aching muscle.
You are the word that is always mistyped
and, erased, defaces the page.

Tonight your nephews play host here.
Candy and cookies are theirs to bestow

with shrieks of delight, for they do not know
that it's always you who is ringing the bell –
and the house turns into a pumpkin hell –
(»There is no such thing as a ghost, dear«).

Spilled ink I give.
Tears have run through a sieve.
Wine and milk is for lovers and children who live.

Ein Gespenst zu Halloween

I

Anders als lebende Menschen sind die Gespenster
Leicht durchschaubar und kommen, wenn wir sie am meisten
erwarten.
Also stehst du an meiner Tür am Halloweentag
wie die andern Kinder im Betttuch verkleidet
und bettelst, oh mein Bruder, um Naschereien.

Ich seh dich noch schwimmen und hör deine Stimme
wie du ein schwieriges Wort erklärt haben willst,
deine Matrosenmütze und in einem wintrigen Schulhof
die Gestalt deines Atems, doch was ich nicht sehe
ist die Gestalt deines Endes, denn es gibt vielerlei Morde.

Erschlagene Kinder gehören nicht auf die Straße,
echte Gespenster haben kein Recht auf Verkleidung.
Das Herz kann brechen, wo der Spaß und der Tod sich begegnen.

II

Du bist der nicht zu Ende gelesene Satz.
Du bist das Küchenmesser, das in den Daumen schneidet.
Erinnerung ist ein automatisches Muskelzucken.
Du bist das ewig vertippte Wort
das, ausgebessert, die Seite entstellt.

Deine Neffen johlen und teilen Geschenke aus,
denn sie sind heute Gastgeber im Haus

und wissen nicht, dass du's bist, der klingelt
der den Eingang sucht in die Kürbishölle.
(»Aber, Kinder, es gibt gar keine Geister.«)

Verschüttete Tinte geb' ich.
Tränen liefen durchs Sieb.
Wein und Milch sind für Liebende und Kinder, die leben.

Halloween and a Ghost/Ein Gespenst zu Halloween Bei dem lustigen Kinderfest von Halloween, wo die Kinder mit Kostümen herumlaufen und drohen, Unfug (»trick«) zu stiften, wenn sie nichts zum Naschen (»treat«) kriegen – da überkommt mich leicht die Frage, wie's denn mit meinen eigenen Gespenstern aussieht, die halt nicht so lustig daherkommen. Mein erschlagener Bruder und seine verkleideten Neffen, die er nicht mehr kennenlernen konnte, das ist der Kontrast, der mir an dem dargestellten Halloweenfest zu schaffen macht. Die ersten Verse stellen die übliche Annahme auf den Kopf, dass Gespenster unerwartet kommen. Ich behaupte, die lebendigen Mitmenschen kommen unerwartet, die Toten sind einfach da. Die Kinder vor der Haustür erinnern an die Toten, und zwar mit gerade der Schärfe und Genauigkeit, die wehtut. Der Schlachtruf der Kinder, »trick or treat«, lässt sich leider nicht übersetzen, und so geht dieser Vers in dem Gedicht im Deutschen verloren

Der zweite Teil handelt dann von dem Eingreifen der Erinnerung ins tägliche Leben, die »Tricks«, die das Gespenst erzeugt, indem es kleine Unfälle und Ungenauigkeiten verursacht. (Der aufmerksame Leser wird merken, dass auf einer alten Schreibmaschine getippt, und vertippt, wird.) Die lebenden Kinder wissen nicht nur nichts davon, man sagt ihnen noch emphatisch, dass es keine Gespenster gebe, während das Fest für die Mutter schon zu einer Art Hölle geworden ist, beherrscht von dem lustig-bedrohlichen Kürbis. Am Ende die Frage nach den möglichen Opfergaben: Milch und Wein (unpassend), Tränen (längst vergossen), Tinte – die spende ich: hier ist sie im Gedicht.

Conversations with the Angel of Death

What a fraud you were, liberator of the Jews who smote the
firstborn in Egypt!
A Viennese grandfather but with practicable birds' wings,
amid the symbolic dishes, the prearranged questions and
answers
and the orchestrated »Heil« downstairs on the street and
upstairs the family tensions.
You were my Passover Angel with your verses and scholarly
wisdom.

Then I saw you commit the ultimate obscenity in public,
chauffeur who drove the trucks with the naked corpses,
the pubic hair of dead women piled high in the sunlight,
whoremaster of the camps,
wingless then.

Bat-winged in New York, you suffered from acne and
masturbated on the subway.
Everytime I crossed a bridge or looked out a ten-story window
you had an erection.
In the late Forties, my pal, in museums and parks
or walking at night through midtown Manhatten, we argued
bilingually, whether or not to make love.

In the Fifties you tricked me. A house without windows,
in a suburb I nurtured you like a blind embryo,
but gave birth to live children and packed up and left you,
deserted you like a burdensome husband,
buried you like a miscarriage.

You of the squashed cockroaches and the moth wings in the
light fixtures,
in the Sixties you returned with the six-thirty news, squatting
on the TV set in my temporary living rooms,
flapping celluloid wings against the two-dimensional war,
a celebrating superinsect.

You were the angel of the small hours when I wakened with
worry,
Guardian of the Garden, Tempter of Eve.
Everywoman's Orpheus with an offering of silence,
the great wings folded, butterfly-fashion,
and my own son's face.

Old friend, old adversary, most satisfying of lovers,
lifeguard as I swim my laps and my lungs give out,
as my hair thins out, as I hunt for my glasses,
as the dishes and papers pile up, you sit in my kitchen and
classes,
wearing bright paper wings, a joker, a friend, no longer a fraud.

Gespräch mit dem Todesengel

Was für ein Schwindler du warst, Befreier der Juden, der du
einst die ägyptischen Erstgeborenen schlugst!
Ein Wiener Großvater warst du mit praktikablen Vogelflügeln
bei den symbolischen Gerichten und den auswendig
gelernten Fragen und Antworten,
dazu unten auf der Straße die Chöre von »Heil« und oben in
der Wohnung die Spannungen in der Familie:
Mein Pessachengel mit deinen Versen und deiner
Gelehrsamkeit.

Mit zwölf lernte ich dich in deiner unbegrenzten Obszönität
kennen.
Du warst der Fahrer der offenen Lastwagen mit den nackten
Leichen,
mit den Schamhaaren der toten Frauen zuhauf im
Sonnenschein.
Der Hurenmeister der Lager,
die Flügel hattest du abgelegt.

In New York wuchsen dir Fledermausflügel.
Du hattest Pickel und masturbiertest in der Subway,
kriegtest Erektionen, wenn ich auf einer Brücke oder am
Fenster eines Wolkenkratzers stand.
Du und ich liefen spät nachts vom Riverside Drive oder von der
78sten zum Times Square
und stritten, zweisprachig, wie's mit uns weitergehn sollte.

In den fünfziger Jahren hast du mich ausgetrickst. Ein Haus
ohne Fenster
nährte ich dich in einer kalifornischen Vorstadt wie einen
blinden Embryo
und setzte doch lebendige Kinder in die Welt und verließ dich
heilfroh,
wie eine unerträgliche Ehe
und begrub dich wie eine Fehlgeburt.

Du mit den Mottenflügeln bei den Glühbirnen,
In den sechziger Jahren warst du wieder da, hocktest
auf dem Fernseher in meinen provisorischen Wohnungen,
wedeltest mit Kunstoffflügeln gegen zweidimensionale Kriege:
Ein triumphierendes Superinsekt.

Jetzt wo meine Zähne wackeln und meine Haare ergrauen
seh ich dich zuweilen ganz früh am Morgen,
makellos, wie Gott dich schuf, als er Adam und Eva verbannte.
Jederfrau Orpheus, mit der Gabe des Schweigens,
gefaltete Schmetterlingsflügel und das Gesicht meines Sohns.

Alter Freund, alter Feind, der beste aller Partner,
Wache hältst du am Pool, wenn ich meine Runden schwimme,
und sitzt in meiner Küche, wo sich Geschirr und Bücher häufen,
mischst dich mit bunten Papierflügeln unter meine Studenten,
mein Publikum bist du, kein Schwindler mehr, nur ein
freundlicher Clown.

Conversations with the Angel of Death/Gespräch mit dem Todesengel Dieses Gedicht war ein ehrgeiziges Projekt. Es sollte ein ganzes Leben von den dreißiger Jahren bis in die Gegenwart zusammengefasst werden, ungefähr ein Jahrzehnt pro Strophe. Und zwar jederzeit im Angesicht des Todes. Der aber erscheint in jeder Strophe in anderer Gestalt, angepasst an das Alter und die Umstände der Sprecherin. Er ist ein Engel, also hat er Flügel, die von Strophe zu Strophe wechseln.

Am Anfang dominiert er das Pessachfest der Familie, wo er, wie es in der Haggada steht, die Israeliten aus der ägyptischen Knechtschaft befreit, indem er in der zehnten Plage die Erstgeborenen des Herrenvolkes erschlägt. Das Kind ist fasziniert von diesen Geschichten und Versen und sieht den Engel als einen menschgewordenen Vogel. Gleichzeitig dringt das judenfeindliche Geschrei von der Straße in die Wohnung und erhöht die angespannte Stimmung unter den Feiernden sowie die ironische Skepsis des sich erinnernden Ichs, das die Hoffnungslosigkeit des Ausgangs kennt.

In der zweiten Strophe ist er der Todesengel von Auschwitz, so wie ich ihn damals gesehen habe, einer, der die Lastwagen mit den Leichen fährt, eine widerliche Gestalt, dem ich keine Flügel gönne und dem keine Höhenflüge gelingen könnten.

In der dritten Strophe ist er der Engel einer jungen Emigrantin in New York, die mit Depressionen bis zur Selbstmordanfälligkeit zu kämpfen hat, den Tod zwar als einen unappetitlichen Jugendlichen wahrnimmt, den sie keineswegs liebt, mit dem sie sich aber vielleicht doch einlassen sollte. Dauernd diskutiert sie mit ihm auf Deutsch und in dem Englisch, das sie noch nicht völlig beherrscht und das zu dem Gefühl des Ausgeschlossenseins beiträgt. Er hat wieder Flügel, aber die befremdlichen einer Fledermaus.

Dann wird er zum ungeborenen Leben, denn ein weibliches Ich scheidet ihn aus, als Missgeburt, als Fehlgeburt, und triumphiert über ihn mit lebenden Kindern auf Kosten einer missglückten Ehe. Diese Verse sind aufsässig, wenn auch nicht gerade schockierend, meine ich, aber sie sollen die Weiblichkeit dieser Überwindung des Todeswunsches in den Vordergrund rücken. Da der Tod hier als ein totgeborener Embryo auftritt, konnten ihm keine Flügel wachsen.

Die sechziger Jahre waren die Zeit des Vietnamkriegs. Das Ich, das oft umzieht und deshalb immer noch kein Zuhause hat, verfolgt diesen Krieg auf dem Fernseher, zweidimensional. Es verabscheut ihn und sieht ihn wie ein menschenfressendes, größenwahnsinniges Insekt, das mit entsprechenden Flügeln auf dem Apparat hockt.

Die zunehmend Alternde der letzten beiden Strophen hat sich ausgesöhnt mit ihrem Todesengel. Der Ton und die Stimmung schlagen um. Evas Versucher ist der gefallene Engel. Er ist wieder schön, neu erschaffen im Paradies, gleichzeitig mit der Verbannung unserer Ureltern. Denn vor der Vertreibung starb ja kein Mensch, und so kann die Versuchung nach der verbotenen Frucht als ein uns allen eigener Todeswunsch gedeutet werden und gleichzeitig als der Wunsch nach Nachwuchs; daher der Sohn am Ende der Strophe. Ein Stück griechischer Mythologie steckt in ihm: Er ist auch Orpheus, der seine Eurydike nicht singend, sondern schweigend, nicht nach unten, sondern nach oben mitzunehmen sucht. Und die Flügel? Die schönsten, die es gibt, die des kurzlebigen Schmetterlings.

In der letzten Strophe völlige Versöhnung. Das Ich sagt: Du bist mir lieb und wert, ich sehe dich gern und weiß, dass du immer da bist. Wir haben gute und schlechte Zeiten miteinander gehabt, wie alte Liebhaber, und ich fürchte dich nicht, oft amüsierst du mich sogar wie ein Clown. Ein Schwindler bist du nicht mehr, auch kein Held, doch eine ständige Gegenwart, mit der sich gut leben lässt.

A Walk at Night

Choose of the many spirits
a companionable ghost.
Walk by his side in silence
along the brown coast.

Don't tell him your fears and forebodings,
though the antechambers of hell
deafen your ears with their roaring.
Hold your breath and don't bore him
where sound is whorled in a shell
among seaweed, slippery to handle
unlike your table and bed;
where the sand won't cling to your sandal
and the wind would not suffer a candle
to burn all night for the dead.

Taste him like salt beside you –
a companionable ghost.
Let him blind you, let him guide you.
You won't get lost.

Ein Abendspaziergang

Such dir unter den vielen Geistern
ein geselliges Gespenst.
Geh mit ihm, ohne zu reden,
die braune Küste entlang.

Erzähl ihm nicht, was du fürchtest.
Selbst wenn der Lärm deine Ohren betäubt,
der von der Hölle zur Muschel sickert:
langweil ihn nicht mit Ängsten.
Halt den Atem an, sprich nicht auf ihn ein,
wo Seetang und Sand dir am Fuß klebt.
Denn anders als Hausrat: Bett, Stuhl und Tisch
erlaubt hier der Wind keiner Kerze
für die Toten die Nacht lang zu brennen.

Schmeck' ihn wie Salz auf der Zunge,
ein geselliges Gespenst,
wenn er flüstert, er werde dich leiten,
so glaub's ihm: es ist sein Ernst.

A Walk at Night/Ein Abendspaziergang Hier geht es um das berühmte »ozeanische Gefühl«, das auch Ungläubigen einen Hauch von Ewigkeit vermittelt und dem man sich bei einem einsamen Strandspaziergang kaum entziehen kann. Das »Du« ist das Ich, das heißt, die Sprecherin macht sich selber Vorschriften zur Bekämpfung tiefsitzender Beunruhigungen.

Die Vorstellung, dass hier ein Verstorbener mitläuft und durch sein Dasein die allgegenwärtige Todesnähe vermittelt, aber auch beschwichtigt, ist, meine ich, ein Bestandteil aller Totenfeiern. Im jüdischen Haushalt ist es Sitte, dass am Todestag von Verwandten eine Kerze, ein sogenanntes Jahrzeitlicht, angezündet wird und 24 Stunden lang brennt. Am Strand geht das natürlich nicht, da muss das Vertrauen ans Weiterleben aus einer noch weiter hergeholten Quelle fließen.

Good Luck

Great good luck's
no more than this:

all's amiss
and a friend will stop
long enough
and linger
to remove
with the touch
of a finger
the speck of dust
that troubles your vision –
and gently explain
(restoring precision),
»it's not even much
of a grain;
you needn't pluck
out your eyes for this!«

No less than this is
great good luck.

Glück haben

Glück haben
ist nicht mehr als dies:

alles geht schief
und da kommt ein Freund
bleibt lang genug stehen
und mit einer Bewegung
des kleinen Fingers
das Staubkorn entfernt
das dein Auge beschwert
und sanft erklärt
(und die Welt kehrt zurück)
»Es war nicht einmal
ein richtiger Splitter
dafür musst du nicht
dein Auge ausreißen.«

Nicht weniger als dies
bedeutet Glück haben.

Good Luck/Glück haben Gelegenheitsgedichte haben einen schlechten Ruf: minderwertig, oberflächlich, weil sie einem spontanen Einfall und einem einmaligen Umstand entspringen. Tatsächlich weiß ich nicht mehr, was der Anlass für dieses Gedicht war. Es sind Verse, die einem Freund danken, der mich aus einer von diesen verstockten, verschnupften Launen herausholte, in die man sich immer weiter verstrickt. Ein amerikanisches Sprichwort lautet: »Wenn du in einem Loch bist, hör auf zu graben.« Oft befördert man sich selbst in ein solches Loch, gräbt zwanghaft weiter und braucht jemand anderen, der einem zeigt, dass man ruhig damit aufhören und ohne große Anstrengung das Loch verlassen kann. Ich hätte wohl nicht vergessen, worum es sich handelte, wenn's wichtig gewesen wäre. Geblieben ist die Befreiung durch freundlichen Beistand, ein Thema, das wohl ein Gedicht wert ist und über den spezifischen Anlaß hinausreicht. Der Anfang und das Ende fassen es zusammen: »no more, no less« – nicht mehr, nicht weniger.

Zerreißproben

Erde behütet und Erde beschwert,
Wasser ertränkt, Wasserstoff nährt,
Luft ist das Nichts und ein All.
Schwankend zwischen den Gegensätzen
lernten wir die haltlosen Frühlinge schätzen –
Ewigen Sommer gab's nur vor dem Fall.

Die zwei Waagschalen Pech oder Glück
kontrolliert weiß Gott welche Hand.
Noahs Taube kam nie zurück,
denn sie fand kein trockenes Land. –
Das Zeug, aus dem die Träume sind,
hält eher stand.

Zerreißproben Das Gedicht handelt von den Widersprüchen der Wirklichkeit, die man nur mit Hilfe von Träumen lösen kann. Es hinterfragt eine der schönsten und zurecht eine der beliebtesten Geschichten der hebräischen Bibel, nämlich die vom Ende der Sintflut, wo Noah die Taube in die überschwemmte Welt ausschickt, und siehe, sie kehrt prompt mit grünem Laub im Schnabel zurück. Ich dachte, die hat Glück gehabt, sie hätte sich ebenso gut verirren können – sicher gab's damals mehr Wasser als festen Boden. Dann wäre sie nicht der Vogel, der triumphierend zur Versöhnung von Mensch und Natur beitrug und über die Jahrhunderte hinweg zum Friedenssymbol wurde, sondern ein verängstigtes Tier, das draußen blieb.

NACHWORT

»Und worauf will das Ganze hinaus?«, fragt mich eine Leserin, die es gut meint. Sie meint nämlich diese Sammlung als Ganzes, nicht die einzelnen Gedichte, nicht die einzelnen Verse, die ich ja kommentiert habe. Ich weiß, worauf es hinaus will, worauf es für mich immer hinausgelaufen ist, obwohl ich wahrscheinlich nur manche und gar nicht viele Leute davon überzeugen kann. Es läuft hinaus auf die Funktion der gebundenen Sprache im Alltag, wo sie, wie allgemein angenommen wird, gar nichts zu suchen hat, da wir ja alle Prosa reden.

Ein sprachliches Konstrukt als Gedicht darzustellen bedeutet jedoch: »Schau mal anders hin. Hinter der einfachen Aussage steckt ein Sinn.« Man kann ein gewöhnliches Kochrezept in Gedichtform aufschreiben, und der Leser wird verstehen, dass er jetzt nicht gleich an den Küchenherd rennen und das Ei in die Pfanne hauen soll, sondern aufgefordert ist, zu überlegen, ob hinter den bekannten Vokabeln etwas mitschwingt, das er bisher nicht beachtet hat. Dadurch ist das besagte Rezept kein *gutes* Gedicht geworden, aber von Werturteilen ist hier nicht die Rede, sondern von der Gattung Gedicht. Als Gedicht vorgestellt, erhebt der Text den Anspruch, etwas anderes als eine Gebrauchsanweisung zu sein.

Dieser poetische Anspruch zusätzlicher Bedeutung, der über die Prosa hinausweist, rückt das Gedicht (das ja meistens nicht auf einem Kochrezept aufbaut) in die Nähe des Gebets, Worte, die zu einem Jenseits streben. Daher ist es sicher kein Zufall, dass es so viele hervorragende Gedichte religiösen Inhalts gibt. Doch ist es falsch, Gebet und Gedicht zu verwechseln und einen literarischen Text mit pseudo-religiöser Ergriffenheit zu rezipieren. Ein Gedicht ist ein ästhetisches und ein profanes – profan im Sinne von säkular – Wortgebilde und sollte nicht kniefällig hingenommen werden. Unser Empfinden mag noch so emotional auf das Gedicht reagieren, immer noch muss es dem Verstand und dem kritischen Denken gegenüber offen bleiben. Also der Prosa. Dieses Zusammenspiel sozusagen am eigenen Leib anhand von eigenen Gedichten mit eigenem Kommentar zu demonstrieren, war die Absicht dieses Bandes und die Antwort auf die oben gestellte Frage.

INHALT